KB098925

어머니의 뜨개질

이 도서의 국립중앙도서관 출판예정도서목록(CIP)은 서지정보유통지원시
스템 홈페이지(http://seoji.nl.go.kr)와 국가자료종합목록 구축시스템(http://
kolis-net.nl.go.kr)에서 이용하실 수 있습니다.
(CIP제어번호 : CIP2019039457)

지혜사랑 205

어머니의 뜨개질

가재선

지혜

시인의 말

내면에 움츠렸던
시어들을
한 여름에 빗줄기처럼 쏟아내는 기분이다
이제껏 가슴에 담아두었던
넋두리를 풀어놓기까지
많은 날들을 보냈지만
막상 책으로 내놓으려니
쑥스럽고 부끄럽다

그러나
용기를 내지 못하고 망설이는 나에게
커다란 문을 열도록
용기를 준 가족과 친지들께
이 작은 종이에 다 담을 수 없는
감사드린다.

2019년 볕 좋은 가을날
가재선

차례

1부 나를 읊다

2부 혈육을 읊다

3부 친구를 읊다

4부 자연을 읊다

• 일러두기
 한 연이 첫 번째 행에서 시작될 때는 > 로 표시합니다.

1부

나를 읊다

봄이 접히다

꽃샘바람이
달콤한 입맞춤으로 온다
은은한 향기와 함께

꽃이 피는 이유를
꽃이 지는 이유를
알 수 없는데
만질 수 없는 꽃바람이
색깔도 없이 다가온다

들꽃 같은 인생
서산으로 넘어가다 숨 고르는 노을
붉은 하늘은 더욱 붉어져
자꾸만 눈물 부추긴다
등 떠밀며 함께 가자한다

가려면 저 혼자 갈 것이지.

여행

동 트면
나, 떠나리

이슬 먹은 꽃봉오리 만져도 보고
과거는 추억으로 감춰놓으리

때때로 지나온 날 꺼내보며
옛길 따라 떠나리

키다리 꽃, 들국화
향기로운 황톳길 걸어서
쪽빛 푸른 하늘 올려다 보리

칡넝쿨 말라가는 언덕에도 올라
등때기에 번져가는 저녁노을 쳐다보리

동 트면
나, 떠나리.

감사하는 마음

성한 몸으로 사는 것에
감사하는 마음을 갖자

더 낮은 곳을 보며
감사하는 마음을 갖자

내가 있어
그대가 따뜻할 수 있다면
욕심 없는 내가 되기를

많은 날들을
감사하는 마음으로 이별을 하고
마음의 빈곤에서 벗어나
새날을 맞자

수많은 시간들을 무사히 보낸 것에
감사하는 마음을 갖자.

새벽이 오는 소리

새벽보다 먼저 일어나
새벽을 내가 먼저 흔들어 깨우리라
침묵을 깨고 해야 어서 나오너라

가난한 이들에게
희망의 속삭임을 들려주고
잠 못 이뤄 고달픈 이들에게
상쾌한 바람으로 용기를

빛으로 두루마기 입혀주고
행복으로 꼭 껴안아 포옹하면
발걸음에 힘의 솟구침

모태에서부터
내가 세상에 나오던 날부터
나는 젊음의
새벽이었다.

나를 감정하다

감정이
내 육신의 힘을 빼놓고
늘어지게 한다

양심이
내 결심을 흩으러 놓고
중심 잃게 한다

감정과 양심이 나의 주인 노릇이다

덩치 큰 이 몸뚱어리
꼼짝없이 포로가 된다

나는 그저 살덩어리인가.

새 달력

빛바랜 달력은
새 달력에 밀리고
또 이렇게
한 겹을 껴입는
버거운 짐 등에 맨 듯
느껴지는 중압감

지난 달력에 메모한 것들
새 달력에 촘촘히 옮겨 적는다
생일, 축일, 기일, 기념일
계획, 그저 계획으로 끝난 것들도
헛된 것이 없다
새 달력 벽에 걸며
희망도 함께 걸어 보는
정월 초하루.

어리석음

흑임자를 타작기로 털더냐
탈곡기로 회양초를 털더냐

검정씨는 막대기로 두드리고
회양초는 도리깨로 두드린다

바수어지지 않게 탈곡기를
돌리지 않는 것도

모두 선조들로부터
내려온 지혜이거늘

갓난아기 채찍으로 다스릴 수 없고
소년 엉덩이 쓰다듬어 얼러 줄 수 없는 것

분수없는 어른이 존경 받을 수 없고
화목 도모할 수 있을까

겸손함을 배워
마음으로 다스려야 하는 것을.

흥부에게

씨 하나 물고 올 제비는 안 오나
복이 넝쿨째 굴러오지 않을까
복 바가지 받을 일하며 살았는가

금, 은, 보화 싸놓으면 천년을 살까마는
겪을 것 다 겪어야 눈감을 인생

첫째 박 쓱싹쓱싹 켜니
풀뿌리 가득하여 건강을

둘째 박 힘차게 켜니
책들 차 있어 지식을

셋째 박 팍팍 켜니
금, 은, 보화 눈부셔 풍요를

넷째 박 쪼개 보니
화려한 양귀비라, 극락을

제비와 맺은 인연
이만하면 족할까

선한 끝은 있다 했다.

속절없이 세월은 가고

어릴 적 소꿉친구 늙은이 되어 있고
무릎에 손자손녀 눈 맞추며 얼러주겠지

밭고랑에서 김매고 콩 심던 날
내 모르는 사이 허리가 굽었네

머리에 내려앉은 서리는
물기 없이 희였고

재 너머 나지막한 언덕배기 산
한평생 함께 하자던 님
그 약속 봄눈 녹듯 어기었건만
지키지 못할 약속은 왜 했냐고
따져 묻고 싶지만

어차피 나도 그 신세
코앞에 닥쳐와 쭉 빠져있고

세월아 붙잡을 수 없지만
속절없이 가지마라
마음 아직 청춘인데

\>

두 다리 후들거려
세 다리로 걷고 있다.

아파트

직사각형의 바둑판
불빛으로 바둑알 모양을 낸다
이판에서 저판으로 옮겨 다니는 바둑알처럼
예측할 수 없는 바둑알처럼
땅거미지면 오늘도 땅 뺏기 놀이 시작된다
아다리, 아–다리, 하는 소리 들릴 듯하고
불빛 켜져 백이 이기는 듯

심오한 상념의 밤 깊어만 간다
흑 승리의 기세로 몰고 있다
백 점점 꺾이고 항복할 마음이다
밤 깊어갈수록 흑이 만방이다
새벽 여명이 밝아오니
오늘도 휴전이다

끊임없는 전쟁
영원히 승부 나지 않을
우리 삶의 애환
지친 몸과 마음은 언제나 끝나려는지.

여유 있는 삶

세상은 살만한 곳
죽을 힘 다해 달리는 육상선수
화급을 다투는 짜장면 배달부
총알택시 모는 운전사
그런 사람들만 사는 곳은 아니다

하늘을 나는 돛단배
천둥번개 벼락 치는 순간에
하품하는 아가씨
포수에게 잡혀온 붕어
한 겨울에 수영복 입은 아줌마

한번쯤
생각하며 웃는 삶

까치는 바람 부는 날만 집을 짓는다
높은 산 바위틈에서 나무는 자란다

각박한 세상이지만 우회하며 사는 여유

독사에게 잡혀온 땅꾼처럼 초조해 하지 말고
여유롭게

사는
삶.

사는 기쁨

네 마음을 슬픔에 맡기지 마라
부질없는 생각으로 고민하여 잠 못 이루고
괜한 상념에 빠져 헛되이 세월 보낸다

근심을 멀리하고 슬픔은 멀리 쫓아버리자
햇볕 따사로운 고운 빛을 보면
아름다운 선율이 가슴을 울린다
환희 벅찬 바람이 내게로 와 멈춘다

주어진 시간은 달음질치고
저녁으로 가는 언덕에 서면
왜 해는 떨어지는지
별들은 왜 분주해지는지

잡을 수 없는 인생이라면
멋지게 폼 나게 여유로운 따뜻한 마음으로
사는 기쁨 누리면서 사는 삶으로.

염원

메마르고 척박한 땅에
샘물이 터지고
황무지에 냇물이 흐르고
뜨겁게 타던 땅이 늪이 되고

메마른 땅아 기뻐하여라
사막아 춤을 추어라
아네모네처럼 활짝피어라
백합의 동산을 이루어라

아픔과 한숨은 간데없고
기뻐 뛰며 환성을 울려라
노래도 없이 퍼마시던 술
그 독한 술맛이 입에 쓰던 그 맛이

이제는
달콤한 포도주에 취해보리라
흥겨운 소구 소리에
팔 벌리며 춤을 추리라.

솔향

쌀쌀한 찬바람이 몰아치는 밤
갈잎이 쏟아지며 울부짖던 밤
몸부림치며 나뒹구는데
울지 못하는 솔잎이 있다
흔들리고 흔들려도 소리가 없다

가랑잎이 통곡해도
소나무 의연하게 변함이 없고
속 타는 고통이 없으랴
노오랗게 타는 가슴 내색 없으니
늘 한결같은 선비의 기상

푸르른 솔향기 풋풋한 내음
수 십년 해로한 부부 같아서
내 마음
한가운데 심어놓았다.

질경이 풀

길섶에 짓밟혀
납작해진 잎사귀
동그랗게 생긴 모양새가
밉지 않은 네 몸을
칼로 쏙쏙 도려다가

끓는 물에 푹 삶아
기름 솥에 볶아서
참기름 깨소금에
맛깔스런 그 맛

아, 질기고도 질긴
그 맛

맛과 모양새가
질기고 모질게 살아가는 내 인생

나도 누군가에게
입맛 돋우는 한 떨기 풀이 되었으면.

차 한 잔에도

이조 여인처럼 조신한 몸매로
눈을 내리 뜬 채 다소곳이 콧등을 보여
미소를 머금은 채

정갈한 다반 앞에서
예절 바른 손놀림으로

은은한 향 감도는
차 한 잔

햇빛 밝은 방
창호지 빗살문에
예쁘게 붙여 놓은 코스모스 꽃잎

새까만 쇠 문고리는 무게가 느껴지고
몸에 배인 정숙한 자태
찻잔엔 향과 색깔의 조화
고운 수실로 한 땀 한 땀 마음의 수를 놓고
은은한 차 한 잔에 취해도 보고
음미하는 맛의 정겨움에 더욱 취해도 보고.

한 해가 간다

번뇌와 소원을 뒤로 한 채
한 해가 간다
사람들의 바람과 간절한 희망을
이룬 이는 이룬 것으로
숙제로 남긴 이는 남긴 채로
망상의 늪에서 허우적대던 날
양탄자 위에 누워 꿈길을 걷던 날
한여름 밤의 꿈
할 수 없이 떠나보내는 마음
절절한 아쉬움 못내 그립고
촌음을 아껴 썼건만
미련을 버리자
날리던 연줄 끊어 놓친 듯 허망하지만
이 시간 후는 과거다
태워버리자
재도 남김없이 흔적도 없이
기억조차 하기 싫은 모든 것
새날에 연장시킬 것 없이
훌훌 털어버리고 새털 같은 날갯짓
활짝 팔 벌려 새날을 맞자.

한 해를 준비하는 새날

작은 소망과 희망을 안고
새해를 맞는다
붉은 불덩어리 벅차게 떠오른다
검푸른 바다 삼켜버릴 듯
빨갛게 뭉쳐진 함성이다

딱딱한 얼음 속 땅속에선
이미 봄 준비에 분주하다
쬐끄만 씨앗이 땅을 들어 올릴 준비

북풍은 남풍에 밀리는 살랑임
매화꽃잎 개화시킬 물먹음
초가지붕 추녀 끝에
길고 굵은 수정 고드름
온몸으로 울고, 구슬로 떨어진다

내 마음속의 새날은
동무들, 지인들, 가족들
건강과 성취함과 행복이 가득하길
기도로써 불덩이 속에 점화시킨다
모든 염원이
꼭, 이루어지도록.

가을 잎

뼈 속이 텅 비어가는
마디마디 저리고 아픈
까마득히 멀어져 온
사춘기를 뒤로한 채

지금은
우울하고 쓸쓸한 갱년기인가
열정으로 티격태격 싸웠던 날들
하룻밤 지내고 풀었던 추억

젊음을 뒤로 한 채
물기 빠진 고목처럼
퇴색하는 초록의 잎새

노랗게 병들어가는 잎을 보고서
단풍을 아름답다고 예찬하며
불타는 정열이라고

그 무엇이 아름답다고.

함박눈

눈의 무게를 느껴보았는가
가벼워 나비춤으로 내리는 눈
더러운 죄와는 연관되지 않는 몸짓
새하얀 눈부신 드레스처럼
마음을 설레게 하는 춤사위
현미경 속의 네 모양새는
더욱 감동을 주고

무엇에 화가 났는가
생 나뭇가지가 찢어지고
지붕이 내려앉고
자동차를 묶어놓고

저울에 올려놓으면
눈금 하나 움직임이 없을 것 같은 너는
무언의 분노
순하디 순한 이의 폭탄

눈의 무게를 느껴보았는가
가끔은 속앓이를 더러는 용해하며
욕심을 내려놓으며
너그럽게 세상을 살자.

2부

혈육을 읊다

반투명 노트

양서를 읽어라
깊이 새겨 양식으로 섭취하여 양분으로 축적하자
속마음 다스리는 진실을 되새기며
기록해보자

늘 반성의 글귀를 적어보고
하루를 감사하며 유서를 쓰자

비 온 뒤에 뜨는 무지개 같은 사연도
링거 뒤에 눈 뜨는 절망도
생각만 해도 얼굴 붉어지는 일도
은밀히 나열해 적어보고
작은 잘못을 크게 용서하는 넓은 마음
후회 없는 나로 다듬어가는
아름다운 인생을 은밀히 간직하여
언제나 나의 길잡이로 써놓고 간직해두자

살다보면 찬란한 서광의 빛이 나를 비추고 있음을
죽으라는 법만 있지 않다는 것을
오늘 하루도.

가족

이십 세 갓 넘은 내가
할머님 아버님 어머님
일곱 형제자매들 속으로
새로운 한 명이 합류하여
열 하나의 가족이 되었습니다

일곱 색깔 무지개가
색깔이 수시로 섞여
아름답다가 시커멓게 어두웠다가
변화무쌍했습니다
깔깔대며 웃다가
한바탕 울기도 하고
흐렸다 개었다
그렇게

떠나보낸 세월이
머리털이 희끗희끗 변색되어 버리고
할머님 아버님 어머님
이곳에서 소풍 끝내고
양지바른 산속에 모셨지만은
한겨울 추위는 어찌 견디시는지
지난날들 생각하니

죄송하고 후회하며
하릴없는 기도만 올립니다

이곳 걱정 놓으시고
하늘 천국 거니시며 영면하시라고
저희들도
이곳에서 소풍 끝내고 나면
또 다시 만날 수 있다고
두 손 모아 기도합니다.

어느 시한부의 만추여행

육순의 나이에
생애 처음 떠난 단풍여행
동행한 남편에게
– 여보, 다음 생엔 당신과 인연 맺지 말자
절규어린 한탄 섞인 말

남편의 처절한 대답은
– 미안혀, 미안혀, 정말 미안혀
내년에 또 오자는 단풍놀이
기약 없는 약속

시한부의 맥 빠진 넋두리 같은 한숨
내년엔 못 올 것 같아
당신의 가슴이 이렇게 따뜻한 줄 이제서 알았어

눈에서 흐르는 눈물보다 더 뜨거운 체온
내 가슴은 사랑하는 마음 식어만 가고
증오와 회환의 삶
당신의 작은 잘못을 크게 용서하지 못한 나의 옹졸함

모든 번뇌 나에게 줘요
그리고 편히 보내줘요

내일은 봄이 온다고
따뜻한 사랑을 나눠주고 싶은
그저 그런 마음으로
먼 여행길 혼자 떠나요.

고달픔

환상의 헛된 꿈을 꾼다
굶주려 허기진 채 잠들어
진수성찬의 상을 받고
배 터지게 먹는 꿈을 꾸다 깨면
더욱 배고파하고
갈증 심해 목마른 사람
물 마시는 꿈꾸다 깨면
더더욱 목이 탄다

이제 한창 살 나이에
저승 문 앞에 서성이고
남은 세월 하릴없이 빼앗기는구나
흙이 어찌 도공을 탓할 수 있으랴

내 마음의 슬픔 때문에 잠도 멀리 도망쳐 버리고 말았네

어찌 갈대가 부러졌다하여 꺾어 버리고
심지가 껌뻑거린다하여 등불 꺼버릴 수 있을까.

감정

야릇한 맘, 미묘한 맘
가슴을 억누르고
눈시울 뻐근하게 하는
보이지 않는 정체

너의 모습을 드러내라
내 앞에 보여줘
늘 궁금하게
수수께끼 같은 정체
내게 보여줘

신비한 너
날 울리고 웃기는
네 진실한 모습을 보고 싶어

네가 서성이면
내 마음 걷잡을 수 없어
소외감에 눈시울 적셔지고

슬픈 음악소리 선율타고 흐르는
노을 붉게 물드는 이른 초저녁
외로운 긴 그림자.

부부

부부는 고슴도치
밤송이 같은 것
아프게 비비며 찌르면서도
행복 느낀다
껍질 벗길 때
속마음 볼 수 있는 것

알알이 익은 속살 보며
부부란
밤 맛처럼
단 맛도 고소한 맛도 아닌
무덤덤한 맛

그러나 믿음으로 포만감을 느끼는 것.

인연

가장 가까운 사람
한 발짝씩 멀어짐 느낄 때
서글퍼져요

헤어질 수 없는
혈육보다 더 가까운 사람

각자 성장하여
다 여물은 인격체 되어
만난 인연

서로 미워하는 마음 없이
하늘 끝 보면서
멀어져갈 때
잡은 손에 힘 빠져요

다시는 볼 수 없는
그림자 같은 인연.

어머니의 기도

그다지 넉넉지 못한 형편에
알뜰살뜰 가족 돌보면서도
더 어려운 이웃 포근하게 감싸 안으며
가난을 행복으로 겸손하게 받아들이고
한평생 기도 속에 사시는 모습

어머니라는 자리에서
지치는 법 없는 애덕과 사랑의 힘
희생과 노고의 인내
따라 하기에는 어림없지만
어머니의 기도에 대한 은혜
그 어머니의 그 딸 되게 하소서

돌 던져도 소리 없이 삼키는
깊은 물로, 작은 꽃으로
향이 나는 삶 살게 하소서.

어머니의 사랑

봄 오는 소리
가을 가는 소리
하얀 눈 내리는 소리
거친 들판에 싹 트는 소리
들꽃 향기

창문 밖 솔바람처럼
포근하게 다가오는 것들은
소리가 없다.

나의 어머니

어머니에게
고달픔 억제하며 살아온
그 횟수만큼
즐거움 누리며
가야금 뜯고 수금 가락에 맞춰
노래하며 춤추는 나날 되게 하소서

약한 생각 없이 수련 꽃 흠모하며
아름다운 영혼으로 묵상하게 하소서

인생은 기껏해야 백년
근력이 좋아야 백수를

풀잎 위에 맺힌 이슬처럼
연기처럼 지나간 세월

고생과 슬픔의 삶이었지만
여기가 좋으니 나 여기서 살리라
기도하게 해 주소서

육순 넘은 자식은
엄마, 우리 엄마라 부릅니다
문 앞에 파수꾼 세워 달라 기도합니다.

도화지 속의 기도

하얀 네모난 종이 속에
그리며 기도한다
힘 빠져 느려진 걸음걸이
그러나 엄마이기 때문에 젊은 날의 엄마로 착각한다
왜 그렇게 걷느냐고 순발력이 없냐고 다그친다

자식들에게 큰 소리도 못 내고
당당하게 따지지도 못하냐고
흉보며 닮는다더니
나는 나를 보며 놀란다
그림자처럼 닮아 있음을

지나온 모든 일들 도화지에 그려보면서
두 손 꼭 잡고
간절한 기도 올린다

어머니 건강하시라고 마음 모은다
수많은 날들 보내느라고
많이도 지쳐있음 잊게 해달라고.

어머니의 뜨개질

창밖에 수선화 무더기로 피었네
어머니의 손은
빈손일 때가 없네

색깔 고운 털실로 짜주신 사랑의 스웨터
난롯불 같고
꽃무늬 천으로 만든 원피스
꽃나비 같아 춤추어 보네
하얀 모시 적삼으로 만든 잠자리 날개옷
조심스러워 걸음걸이도 차분해지네
인견으로 만든 잠옷
땀 흘려도 등짝에 붙지 않아 시원하네

한밤에 소변보러 일어나면
손에는 언제나 뜨개바늘 들려있고
재봉틀 소리 끊이질 않았네

어머니의 손, 요술쟁이 손
사랑 짜서 내게 주시네
내 이마의 주름도 어머니 솜씨네.

벼랑 끝에 선 어머니

어머니의 사랑은
낮에는 구름으로, 밤에는 불빛으로
하늬바람으로, 마파람으로 감싸주시고

주제넘게 과분한 것 바라지 않으며
눈 높은 곳 보지 않고
잠자리에 들어도 편안한 잠 못 이루는 모정

자식이 미운 짓을 할 때 매 들지 않고
자식이 귀여우면 회초리 찾던 어머니

성 잘 내지 않으시는 현명한 분
자손들의 마음이 편안하면 생기 돌고
자식들 몸과 마음 아프면
뼈 속 타들어 가신다는 어머니

젊음도 검은 머리도 물거품 같은 것
물기 마른 쑥대 같은 몸

삼십 중반에 남편 산에 묻고
삼십 먹은 막내아들 뼈 속에 묻고
사십 갓 넘은 며느리 가슴에 묻고

절절한 가슴 삭정이 되어
성냥불에도 삽시간에 한줌 재 되어버릴 것 같은
늦가을 갈잎 타는 내 어머니

아차, 하는 순간에 놓쳐버릴 것 같은 어머니
그 자리는 곧 내가 서서 지켜야 하는
낭떠러지입니다
영원히 돌아올 수 없는 연민의 강 생각하면
하늘이 캄캄합니다
아슬아슬한 자리라도 오래오래 지켜주세요
벼랑 끝자락에서라도.

할아버지의 선물

금요일 밤 용산역에서 아빠 배웅 받으며
할아버지 기다리는 계룡역으로
일요일이면 할아버지 배웅 받으며
아빠 기다리는 광명역으로 손자는 간다

할아버지는 배웅하며 포장된 선물 건네준다
맛있는 외식, 짜장면, 탕수육, 치킨도 포기하고
알록달록 자동차 그림 그려진 내의 한 벌 사가는 뿌듯한
행복
귀여운 손자 녀석 재롱 떠올리며
포근한 사랑 입히는 기쁨

마누라를 손자 녀석에 빼앗기고
떠나는 기차 차창에 손 흔들며
빈집으로 가는 걸음엔

칠순 넘은 가장의 짐이 버거운 듯
기차 꼬리 끝자락이 멀어질 때까지
축 처진 뒷모습

세월의 무게 그림자처럼 길고
낡아 빠진 무명 잠방이처럼

냉기 초겨울 바람 지나고 어둠 짙다
손주 녀석도 무럭무럭 자라 할아버지 되겠지.

할머니 되던 날

세상에 첫 울음소리 오월 오일 단오 아침
우리 손자 율이의 우렁찬 울음소리
몇 십년만의 축복인가

온 천지엔 밤꽃향기 진동하고
엄마의 뱃속 좁은 공간에서
넓은 바다로 항해 하려는 너

눈도 떠보고 귀도 열려고 애쓰는 너
지금은 요람의 왕자
말문 열기 전에는 세상 일 다 알고 있다는데
그것도 모르는 아빠, 엄마는 마음 졸이며
많은 꿈 꾸기도 했지

건강하고 슬기롭고 지혜롭게 자라만다오
우리는 그저 그런 바람 뿐
내달릴 너의 날개에
잔잔한 바람이 될 뿐.

사돈

사돈, 오래 기다려온 단어
기대와 바람이 함축된 가족의 의미
큰 나무 되도록 가꿔온 두 인격체
꽃 많이 피어도 결실의 열매로 다 익지 않는 것
한 몸으로 접목되는 기쁨의 시간입니다

창밖은 쾌청한 봄볕
두 사람의 앞날 보는 것 같아 행복합니다
잠시 두 눈 감고 기도하는 마음으로
작은 돛단배로 머언 여행 보내는 마음인데
수많은 추억과 함께 떠나보내는 마음

가히 짐작되는
저의 마음입니다
고맙습니다

한 발짝씩 뒤로 물러서서
네 잎 클로버를
그리고 탱자나무 울타리 되어
솟대처럼 서 있노라면
까치가 깍깍깍
휘몰이 장단으로 짖어댑니다.

승율

한 식구 늘었을 뿐인데
집안이 꽉 찬 기분이다
눈도 뜨지 않고 막무가내 울 뿐인데도
온 식구가 그 얼굴에 집중한다

엄마는, 산고의 고통도 잊은 채
아빠는, 분주한 듯 바쁘다
할머니는, 그 옛날의 산통과 행복 떠올리며 웃는다
할아버지는, 덩달아 머금는 미소

가족 모두 일치하는 맘
두 손 모아 기도하는 맘

돌돌이 태명 뒤로 한 채
승율이의 앞날을
알토란 같은 열매되기를
율이가 큰 나무되길 바라며
가끔은 엄마, 아빠는 탱자나무 울타리 되어
징검다리도 되어주고, 건강하기만 빌어주는 마음.

승연

어와 둥둥 우리아기
울음으로 세상열고
하늘에서 떨어졌나
땅에서 솟았나

뽀얀 얼굴에 볼우물이
신기하고 귀여워라
태중에서 듣던 소리
삼이야! 삼이야!

요쪽 조쪽 귀를 쫑긋
엄마, 아빠 귀 기울여 돌아보고
오빠 부름소리에
보고 싶은 마음인지
눈 찡긋 찡그리고
하품 한 번 길게 하고 꿈나라로

연꽃 만발한 한여름
대서날 태어난 승연

연꽃처럼 피어나라
줄기 곧게 세워서

정화된 맑은 물로 예쁘게 건강하게
두 손 모아 간절한 마음으로.

행복의 조화

하늘과 땅이
은밀히 사랑 속삭인다
꽃들과 나무들 마주보며 피어나고
숲속의 새들 노래한다
양과 음의 조화로 결실의 열매 열리고
남자와 여자가 사랑 나누고
자손들 상머리에 둘러 앉아
구수한 얘기 나누며
제 어미 뱃속에서
사랑 배우고 익히듯
어머니의 젖가슴에서
평화 느끼듯
고요한 숲속에서
새들의 노래 듣듯
은밀한 행복 가슴 벅차다.

쑥개떡

이른 봄날 바람 제법 쌀쌀한 날
팔순하고도 다섯 해 더 살아온 어머니
쑥떡이 먹고 싶다고, 바구니 칼 챙기고
둘이 나섰다

조금 지나면 온 들판에
제초제 농약 마구 뿌려 먹을 수 없다며
겨우내 잠자고 나온 향긋한 쑥은
더없이 몸에 좋은 보약이라고

양지바른 논두렁에서 바구니 가득 채운 쑥
새파랗게 삶아서, 하얀 쌀가루에 꼭꼭 주물러
동그랗게 만들어 개떡을 찐다

온 식구 둘러앉아서, 콩 박은 쑥개떡
쑥덕쑥덕 옛 이야기 나누며 먹는 쑥개떡
어머니는 흐뭇하게 웃으신다
어머니는 몸에 좋은 보약 떡 드시고도
허리, 다리 아파 사나흘 호된 몸살에
나도 이제 예전 같지 않다고, 허공 바라보는 눈가엔
풀 위에 맺혀있던 이슬이
눈 속에 어느새 들어왔는지.

3부

친구를 읊다

부춘 연가

아침 해 고운 빛 가슴에 안고
송이송이 갓 피어난 봉오리들이
산의 보살핌 받아
어느새 고목이 되고

겹겹이 쌓인 세월
빗겨간 우리
고희가 대수랴
숫자에 불과한 것을

희끗한 서리 머리에 이고
격의 없는 대화 뿌듯하구나
응춘아, 옥진아, 정수야, 용희야
서슴없이 부르는 동심인 것을

만나니 정겹고
마주보니 추억 새롭다
한데 어울려 부르고 싶은
고향의 노래
고목에도 다시 잎이 돋아나리니.

사연

소식 전하는 걸 잊고 있었네
하고 싶은 말
그리운 마음
못내 아쉬운 시간은 가고
긴 여운 남겨놓은
구구절절 하고 싶은 말
긴 버들잎에 적어도
다 쓸 수 없는 애달픈 사연
속내 들러내지 못하고
흘러간 세월
은밀한 옛 추억
가슴속에 묻어둔 사랑 얘기를
수양버들 줄기로 빗어 내리면
다 써지려는지.

인내

네가 사람과 달리기 하다가
맥없이 지쳐버린다면
어찌 말과 달리기를 하겠느냐

표범이 제 몸에 박힌 점 빼낼 수 없고
에티오피아 사람이 피부색 하얗게 바꿀 수 없지만

할 수 있는 것은
최선 다하여 보람 이루자

지혜롭게 사랑하며 사는 사람이
즐거움 안다

포도주와 음악은
마음을 흥겹고 즐겁게 하고

인내의 끝에는
마음의 기쁨을 준다.

첫사랑의 아픔

황홀했던 첫사랑 등뒤를 보며
나는 어둡고 컴컴한 터널에 진입한다
고통의 심장이 터질 듯 박동치며
인연의 다리에서 미소 짓던 네 얼굴이 떠오른다
두 마음의 빛바램 쓸쓸하고 공허하다
나는 무엇으로 밤 새워야 하는가
진정 사랑했다, 너를

젊은 청춘 눈물로 보낼 수만 없다
가난도 사랑도 내게서 모두 떠나가라

따가운 햇볕보다 달빛이 친구가 많다
셀 수 없는 보석 같은 별들이 밀어를 나누고
물속에 비친 달그림자 은어를 속삭인다

퍼붓는 소낙비 무지개 볼 수 없고
뜨거운 눈물 후련히 쏟아 흘려버리고
희망의 발걸음 재촉한다
찬란한 꿈 안고 뜨거운 아침의 태양이 되어온다고
그 누구를 위해 세레나데 부를 거라고.

추억의 연가

소나기는 한바탕 억세게 퍼부어 놓고
구름마저 손잡고 달려갑니다

맑은 하늘이 햇볕 모래 위에 따갑고
시냇물이 청정하게 흐르고
송사리 떼, 가재가 떠내려 올 듯

발 담금하고
흥얼거려 보는 연가
잊은 줄 알았었는데

첫사랑 떠올리며
불러보는 사랑의 연가
보고 싶은 그 얼굴 가슴이 메어와
고개 들어 하늘 향해
흐르는 눈물 억제하며
부르는 추억의 노래.

첫 시간에

늦더위 햇볕은 따사롭고
높아지는 하늘은 한가로운 구름을 안고
곡식이 여물어가는 한낮의 오후

너는 새로운 환경에서 칠판을 보며
여태껏 피워온 꽃의 열매를
뜨거운 열정으로 익히려무나

알알이 굵지 않아도
작은 열매 해바라기도
큰 꽃에 아주 큰 키에
태양을 사모하여 익어온 열매

아주 작아도 영양분 충분한
열매가 있다
해바라기 열매처럼

향긋함 속에 작은 열매처럼
소중한 사람이 되라
꿈이 있는 삶을 살면서
아주 작은 열매일지라도.

사랑

많은 날들 떠나간 뒤에
그것은 통증으로 다가온다

몸에 좋은 것은 쓴 법이기에
그냥 받아들이라고 속삭인다

사랑은 주는 것, 주기만 하면 되는 것이라고
쿨하고 상큼하게 심장을 맴돈다

그러나
내 어느 한 구석에선
셈 요구하는 치사한 부메랑이
자리를 차지하고 있다.

소리 모음

하얀 종이에 다섯 줄 그려져 있다.
검정색의 조그만 집게 줄 위에 매달려
움직임 없는 그 표기 보고
여럿이 입 모아 화음 이룬다

까마득히 이별해온 지나간 날들
옛 추억이
너무나 가까운 선홍빛으로
아름다운 소리 모은다

경직된 흑백의 딱딱한 여든 여덟의 건반
다른 색깔의 다가오는 소리
마음 설레어 고동치게 한다

정성으로 모은 소리
선율로 퍼지고 황혼의 빛깔로 채색한 노래
이 순간만큼은 백치다
모든 생각 잊은 채
우리들은 노래 부른다

회환과 눈물과 기쁨과 환희
추억 담긴 서정의 정원으로

오선이 한 마음으로 꽉 묶여버렸다

사랑의 노래로 행복의 찬가 부른다.

당신은 늘 그 자리에

힘겨워 지쳐 쉴 자리 찾아 헤맬 때도
외로움에 사람 그리울 때도
당신은 늘 그 자리에 있었습니다

내가 당신을 찾지 않았을 뿐
내가 웃음 주어도
때론 아픈 눈물 보여주어도
나는 아무런 의식도 하지 못하고
당신의 존재 잊고 있었습니다

기대어 쉴 수 있는 곳에서 날 기다리며
나의 시선 받으려 얼마나 애썼는지
땅거미 지고 어두운 달빛 없는 밤에도
당신은 늘 그 자리에 있었습니다.

당신의 마음자리

당신의 마음 잘 있나요
당신의 편치 않은 마음 다이어트 해보세요
열정의 상실, 탐식, 음욕, 탐욕과 분노
슬픔, 허영심, 교만함을
굶어서는 마음 헤치며 병들게 하니까요

먹으면서, 채우면서 다이어트 하세요
온유한 마음, 절제하는 마음
사랑, 관용, 기쁨, 순결한 사랑, 깨달음으로
내면 가꿔가는 비타민으로
당신의 마음은 건강하고
아름답게 잘 지낼 것입니다.

마중물

한 바가지 물 붓고
펌프질 하면
한없이 넘치는 생수

어려움 겹쳐 와도
현실과의 타협에서
시간과 공간
슬기롭게 꿰매어서

행복 베푸는 삶
뿌리깊이 내리고
향기로운 꽃
피워보리라.

하늘 화가 바다 화가

하늘에서 파란 물감
퍼 붓는 대로
바닷물 홀딱 먹었다

하늘에선 아무리 퍼 주어도
부족함이 없다

바다는 받아먹어도 넘치지 않고
변함없는 푸른색이다

시냇물 다 먹는 강물이
바다에 모두 뱉어 놓아도
한결같이 춤추는 몸짓으로 파도를 친다

밀물과 썰물
건전지가 없어도
세상에서 이보다 더 정확한
시계는 없다.

오징어

뼈도 없이 가시도 없이
마음씨 좋은 너
고달픈 운명의 생 타고 났기에
연약한 너의 배 갈라서
눈 빼고 내장도 모두 빼내고
열 발가락 붙지 말라고
억새풀 마른 가지 모두 끼워서
바람 부는 햇볕에 바짝 말리고
뜨거운 연탄불에 가스불에
네 몸은 바짝 오그라지고
단단한 이빨로
씹고 또 씹고
질겅질겅 수도 없이
뼈도 없이 착한 것을
하루의 고달픔 소주 잔 비워가며
너에게 푼다.

개똥벌레

세상은 나를 혼자 두지 않고
밤이 혼자이고자 할 때도
부엉이가 울고 어둠을 꿰뚫어 보는
풀밭에서 섬광을 밝히어
어둠속에서 자신의 존재를 알리는 너

잠시도 어두움을 버려두지 않는
수억 개의 별들

가장 무서운 어둠은
아무에게서도 사랑받지 못하는
존재라고 자학하는 괴로움
사랑을 스스로 거부하는
추운 겨울의 영혼들

밝은 곳에서는 필요 없지만
어두운 곳에서 더욱 빛나는 너는
아름다운 마음의 등불.

촛불

파랑 눈물에 노랑 눈물 섞여
형형색색 고민 담아 타오른다

네 몸 태워 흘린 눈물
내일도 모레도
누군가의 기도의 불빛 되는구나

온 몸 태워 밝히는 불꽃
소리 없이 타는 너의 몸
오늘도 나는 네 몸에 불 붙인다

빨강색 파랑색 노랑색 하얀색
고운 색동옷으로 갈아입어라

밝은 곳에는 네가 필요 없어도
어두운 곳에는 네가 절실하구나.

푸른 꿈의 청춘들

파란 새싹들의 수용소
건물 벽엔 아름답고 예쁜 그림
그려져 있으면 좋겠다
수도자들이 운영하여
교화의 꽃 피면 참 좋겠다
그들이 꿈 펼 수 있는 곳

꽃 지고 난 자리에
잎 우거지고 그늘 드리워져
쉼터가 넉넉한 여유로움의 보금자리
손수 가꾸어 키운 열매

옥수수, 감자 한 솥 가득 쪄놓고
희망찬 담소가 탐스럽다

비에 젖은 옷은 말리면 그만이다
어두운 상처, 따뜻한 사랑으로 치유 받고
그 상처 고운 모시옷으로 아름답게 감싸주면
고운 옷 다시 더럽힐까
사뿐히 한 걸음 한 걸음
새 길로 간다
가로수 뻗은 행길로 간다.

정

어느 새 마음속으로
들어 왔는지
꽃 되어 피어 있고

귀여운 강아지
무릎에서 떨어지지 않고

손때 묻은 가재도구
생활에 익숙하다

담아도 또 담아도
넘치지 않는 그릇

채워놓고, 간직해 놓고,
조금씩 꺼내어
나누어 주고 싶은 마음.

늦여름 밤

무심코 하늘 바라보니
유난히 큰 별 하나 반짝인다
영롱한 불빛,
이제까지 살아오면서
눈 한 번 마주친 적이 없었는데
오늘따라 눈 마주하고
넋두리라도 하고 싶은데
시침 뚝 떼고 사라진다
그래도 나는 동경한다
당신!

처서

공활한 하늘
구름 한 점 없이 높고 맑다

햇살은 곡식을 쪄내고
농부들의 웃음도 살쪄간다

처서에 비가 오면
농사 망친다고 염려하는 것을
농사꾼 아니면 누가 알랴
오늘은 하늘 보여주고 싶다

고추잠자리 분주히 날고
매미들의 합창소리에
젖 물린 애기엄마 졸음도 깬다

장독대 옆에 핀 봉숭아꽃 따다
손톱 물들이면
첫눈 내릴 때까지
초승달만큼 사랑은 남아있을까.

눈의 무게

눈의 무게 느껴보았는가

나비춤사위로
금방 왔다가 사라지는
너는,

뭉치면 살고
흩어지면 죽는다는 말은
너를 두고 하는 말인가
세상사 모든 이치가 그러하듯이

분노는
생나무가지 찢어 내리고
사랑은
생나무가지 소복소복 덮어준다.

4부

자연을 읊다

그런 삶

모든 것이 생각대로 살아진다면
참 좋으련만
뜻대로 되지 않는 것이 안타깝다

물고기 물속에서 살지만
수영선수 될 수 없고

양념 중 소금이 으뜸이지만
단맛 낼 수 없다

빈약한 포도송이
농부에게
미안해요, 최선을 다했어요
아니야, 대견하구나, 고생했다
맛은 어때요
고생한 그 맛이구나
단맛, 신맛이 섞여있구나.

가시나무

부드러운 내 몸에 가시가 있는 것은
그대 찌르기 위함이 아닙니다

짐승들의 밥 되지 않기 위해
가시는 뾰족이 스스로를 지탱합니다

냇가의 제방에 심어져 있는 까닭은
늘 푸르름만을 위함이 아닙니다

그대 위해 꽃 피우고, 열매 맺으려고
이 마음에 심어진 기쁨입니다

열매가 풍성하고 탐스러운 것은
당신 향한 저의 사랑 전부입니다.

국화꽃

에메랄드 빛 하늘이
바닷물처럼 푸르다

햇살 따갑게
들판의 곡식 쪄내고
고추잠자리 분주히 날갯짓
쓰르름 쓰르름 매미는 악쓰며 합창하고

젖 물려 애기 안은
엄마의 졸음 위로
열린 완두콩

그 콩 따다가
가마솥에 밥 지으면
솥뚜껑 여는 순간
샛노란 국화꽃이 만 더미로 피어난다

향기는 온 천지에 퍼지고
벌들은 꽃향기에 취하고.

보이 차 향기에

은은한 빛깔이 곱다
향기는 더욱 좋다
입에 감도는 느낌은 온기를 전해준다

메말랐던 잎에
물 끓여 적당히 열 맞추고
생화처럼 피어나는 향
굳은 마음의 스승이다

눈으로 보고 먹어보지 않으면
이치 알 수 없음을

메마른 마음에
넉넉한 마음으로
차 한 잔 나누며 담소하는

그대와의 아름다운 향기와 따뜻한 마음을
행복한 순간을
그윽한 향기는 나에게
스승 되어
또한 스승에게도 스승 되어.

수박

둥그렇고 커다란 초록색 공
검은색 줄무늬 멋지다

새빨간 속살에 까맣게 박힌 씨
고운 빛깔 새색시 같다
칼 대면 쩍 쪼개지는 소리 더욱 놀랍다

설탕 물 부어 놓은 듯 꿀맛 단물이
줄줄 흐르는데
겉으로 새지 않는 신비로움에
그저 감탄할 뿐

덩치도 만만찮은 것이
갈증을 풀어주는 희생 있어
타는 마음까지도 시원하고 후련해진다.

무궁화 · 1

무궁화 꽃이 피었습니다
연민한 빛으로 웃는 얼굴
진한 향이 없음은 손 타지 않으려는 은밀함 있어
노란 꽃술은 촉매의 모습입니다

단군시대부터 한 민족이 사랑했고
신라시대 최치원이 대국에 근화향이라 일렀고
고려시대 예정이 근화향 무궁화 피는 나라라고 일렀던 꽃
입신양명 뜻하던 어사화
집안의 사악한 기운 몰아내는 벽사화로

군자의 나라에 피어나는 무궁화
일제강점기 핍박 받아 멸종 위기에서
끈질기고 줄기차게 견뎌 생존 투쟁해온
인내의 민족의 꽃

모든 번뇌 고난 가슴에 안고
묵묵히 피는 단아한 미소
많은 역사의 사연 머금고 하직할 때는
침묵으로 입 다문 채 봉오리로 돌아가는 무궁한 꽃

아침의 나라 방방곡곡에

백두에서 한라까지
가로수로 정원으로 베란다까지
무궁화 꽃 만 더미로 가득 채우고
우리의 얼로 뭉쳐
아, 진정 우리의 국화 꽃피워 사랑하리라.

무궁화 · 2

연민의 꽃 보랏빛
8월의 태양 아래
해방의 꽃

백두산 아래 빨강색
한라산 위에 파랑색
혼합된 색 무궁화 꽃
우리 같이 한데 어울려
보랏빛 물결 이루어

하얀 네모 안에
건, 곤, 감, 리
하늘, 땅, 물, 불
하늘 높이 삼천리에 펄럭이고

통일의 노래가
손에 손 잡고서
영원한 무궁화 꽃 춤 추리라.

열무꽃

열무 꽃 연 보라 빛
무순에서 피는 꽃
엄마가 심어 놓은 꽃

추억이 아련해 오면
꽃핀 순 똑 꺾어
껍질 벗겨 먹으면
매콤 쌉쌀한 맛은
아버지께 꾸중 듣던 맛
엄마가 내 편 들어 주던 맛

연민한 색깔의
눈시울 붉어지는 꽃
노랑나비 흰나비
춤추게 하는 꽃.

채송화

긴 화분에 뿌려놓은
아주 작은 꽃씨
오늘도 싹틀 생각 전혀 없는데
왜 나는 자꾸만 눈이
흙에 멈출까

너무 깊이 묻혀서 지친 것일까
어느 날 삐죽이 솟아나오는
볼그란 싹 보면서

그 쬐그만 몸에서 위대한 힘을
딱딱하고 거친 흙 뚫고
움터나는 힘 보면서
나의 왜소함을 느낀다

작은 너의 몸에서
가지가지 오색으로
활짝 웃을 때
나는 감동받고 힘을 얻는다

화분 가득 채워진 너의 얼굴들
키 작아서 앙증스럽고 귀여운 자태
기분 좋은 하루 위해
내일도 환하게 웃어줄 거지.

봉숭아꽃

초등학교 담벼락에 서서
아들 기다린다

때 마침
치맛자락 잡아당기며
보라는 듯
툭! 터지는 씨앗

손수건에 고이 싸서
화분에 심는다

싹 틔울 수 있을까
꽃 피울 수 있을까

애타게 기다리며
꽃으로 피어나길 바라는
어미의 마음.

가을 단상

햇살이 마구 쏟아진다
온 들판이 황금으로 뒤덮인다

늦게 싹튼 대추나무는
혼자서도 열매가 당차다

석류는 헤벌린 입속에서
보석을 가공하고

못생긴 모과는
향기로 으쓱댄다

은행나무 열매가
주렁주렁 주머니를 채우는 사이

감나무는
백열등을 켜기 시작한다

환한 빛들이 근사하다
까치는 더욱 분주하다

내 밥 차지하지 않더라도
배부르겠다.

인적 없는 바닷가

배 한 척 없고 흰 구름만 두둥실 안고 있는
넓은 바닷가
탁 트인 가슴으로
바라보는 끝없는 물
멍이든 물색은 맑기도 한데
물위 나는 갈매기들은
분주한 날갯짓

파도는 쉬지 않고 열심히 일하고
밀려오는 물결은
어여쁜 공주님의 드레스인양
푸른색 치마에 하얀 레이스
마감 지을 수 없어 입을 수 없고

그저
늘 어여쁜 폭 넓은 치마로
바라볼 뿐
하지만 드레스 정말 예쁘다
만인의 것이다
바람아 불어라
수시로 변하는 레이스를 만들어라.

내 고향 뒷동산

풀내음 향기 풋풋하고
나르드와 샤프란이 짙게 배어 있는 곳
석류 열매가 입 벌리고
창포가 실바람에 졸고 있다

생수 솟는 옹달샘
바위산에서 흐르는 시냇물
파아란 무화과 열리고
산포도 향기 풍기는 철 오면
마파람 불어와 내 정원으로 퍼져라

볼 붉은 어여쁜 처녀
대바구니 팔에 걸고 콧노래 즐거워라
머리채는 종려나무 잎새 같은데
검기가 까마귀 같고
너울 뒤에 비치는 예쁜 모습
쪼개놓은 석류 같아라
허리는 나리꽃 두른 밑단 같아라.

봄의 길목 · 1

구름이 한바탕 눈물 쏟아놓고
바람타고 가볍게 날아간다
시커멓게 타던 마음
후련히 울고 나니
훤하게 변하여 간다

메마른 흙
눈물 단비 맞아 촉촉해지고
새싹 뾰족이 얼굴 내민다
굳은 땅 이겨내고 숨통이 튼다

햇살이 웃으며
모든 걱정, 힘든 일들
오래 머무르지 않고 지나간다고
나만 바라보면 행복해진다고
따뜻하게 안아주며 도닥거려 준다.

봄의 길목 · 2

창밖에 수선화 무더기로 피었다
꽃만 다닥다닥 밥풀 꽃이 가지에 피어있고
두릅나무 푸릇푸릇 싹 틔우고
대나무는 밤새도록 대순 키워낸다
푸른 물결 보리밭 밟아 달라 흙에서 떠 있다
쑥, 냉이, 씀바귀도
배꽃이 온통 눈밭 같은데
까치는 깍깍 반가운 손님 오시려나

도시의 봄은 옷차림에서 오고
시골의 봄은 밭 갈고 씨 뿌리며 시작된다
황소 아닌 기계가 소리 내며 분주하다
음매음매 소리 워낭소리, 이랴이랴 소리도
예전의 봄이 시냇물처럼 그립다
봄다웠던 것들이

낫질, 호미보다 제초제, 화학비료 후하다
진달래 향기 먼 곳에서 오고
허리 꼬부라진 고사리, 할미꽃 정담 나누고
제비꽃 발에 밟힐까 조바심난다
동네 입구 벚꽃 봉오리
앞 다투어 팝콘처럼 튀어나올 듯
황톳길 소달구지 소리도 들림직한데.

가뭄

온 대지가 갈증 심해 혓바닥 갈라지듯
쩍쩍 갈라진 논밭
저수지 바닥나고 물고기 떼죽음이다

아버지 가슴 타고
어머니 마음 밀초처럼 녹는다
육십년만의 가뭄이라 하는데
세월의 환갑도 이렇게
고된 삶의 표출인가

기우제 올리고 하늘 쳐다보니
밤하늘엔 별만 빛난다
달빛도 그림자 만들어 내고
바람도 솔솔 불어오니
오늘도 단비님 늑장부리고
더딘 걸음으로 애타게 기다리는데
펑펑 쓰던 생각에
자연의 고마움 감사해야지
온산과 대지에 뿌려주는
단비에게 감사해야지.

구름

하루 걸러 내리는 비
조석 가리지 않고
오고 싶으면 오고
그치고 싶으면 그치고
오곡 익어갈 때 날마다 찌푸린 하늘
비 싣고 가는 구름은
눈물 쏟아 놓지 않고는
그냥 지나 갈 수 없나 보다
구름도 아무 데나 내려놓고 싶지 않지만
바람 앞에 승복한다
때론 멋진 모양 그려내는 구름이지만
제 몸 하나 마음대로 할 수 없다
바람 앞에선 어찌 할 바 없는 하수인처럼
천적과 동행할 밖에.

피아노 · 1

황혼녘 한 여인이 부드럽게 노래한다
노래는 먼 추억의 뒤안길로
나를 인도하고
한 아이가 피아노 앞에 앉아 있다

울려 퍼지는 아름다운 소리와
노래하며 미소짓는
균형 잡힌 어머니의 발을 본다

고운 노랫소리 옛날로 데려가고
가슴을 울려준다
창밖은 함박눈 내리는 겨울
아늑한 방에 찬송가 소리

나는 옛 추억에 목놓아 운다.

피아노 · 2

흑백색이 가지런히 정돈된
경직된 물건에서 울려나오는 소리는
내 가슴에 비수를 꽂는다

가슴에 퍼지는 아픔은
시야가 흐려진다
진아, 그 쬐그만 손으로
아름답고 정겨운 선율로
온 집안을 두루두루 채색하고서

한 뼘 한 뼘 움직이면서
여든여덟의 건반을 예뻐 쓰다듬느냐
너와 함께 호흡 맞추던 안니로리는
언제나 고운 소리로
머언 날에도 더 많은 날이 지나더라도

졸졸졸 흐르는 여울목에서
추억 되새기면서 불러보자, 뽐내어보자
먼 훗날에도 손 꼭 잡고.

벚꽃 길

벚꽃 상여 길은
하얀 눈으로 짠 베옷
목화처럼 피어난다
결혼식 드레스 입고
환한 미소 짓는다
온천수 목욕하고 나온
수줍은 색시처럼
간간히 부는 바람에도
하롱하롱 꽃잎 진다
수많은 사연 밟으며 가는 길
마지막 남은 봄의 절정 꺼내
하루를 흩뿌린다.

해설

인생의 뜨개질과 삶에 대한 반추

박주용 시인

인생의 뜨개질과 삶에 대한 반추

박주용 시인

사람이 온다는 건
실은 어마어마한 일이다.
그는
그의 과거와
현재와
그리고
그의 미래가 함께 오기 때문이다.
한 사람의 일생이 오기 때문이다.
부서지기 쉬운
그래서 부서지기도 했을
마음이 오는 것이다 -그 갈피를
아마 바람은 더듬어볼 수 있을 마음.
내 마음이 그런 바람을 흉내 낸다면
필경 환대가 될 것이다.

정현종 시인의 시 「방문객」 전문이다. 사람이 온다는 것은 한 사람의 일생이 오기 때문에 어마어마한 일이라는 것이다. 가재선 시인의 시편을 읽어 보면 이를 실감하게 된다. 시인은 충남 서산에서 태어났다. 지금은 서산시가 도회지로 바뀌었지만 시인이 어렸을 때만 해도 여느 시골이나 다름이 없었다. 그곳에서의 추억이 여러 시편에 보이는 것을 보면 어렸을 때의 추억이 세상을 살아가는데 얼마나 단단한 버팀목이 되었나를 알 수 있다. 지금은 가톨릭 집안에서 신앙생활을 하며 손주들의 재롱과 함께 다복하게 살고 있지만 시인의 시편에 나타난 삶을 들여다보면 질경이처럼 결코 녹록치 않았던 세상살이였음을 알 수 있다. 세상살이의 그 엄청난 일들을 이겨내며 살아온 칠십 평생, 그의 일생은 어마어마한 일이었다.

길섶에 짓밟혀
납작해진 잎사귀
동그랗게 생긴 모양새가
밉지 않은 네 몸을
칼로 쏙쏙 도려다가

끓는 물에 푹 삶아
기름 솥에 볶아서
참기름 깨소금에
맛깔스런 그 맛

아, 질기고도 질긴

그 맛

맛과 모양새가
질기고 모질게 살아가는 내 인생

나도 누군가에게
입맛 돋우는 한 떨기 풀이 되었으면.
— 「질경이 풀」 전문

시인의 삶은 질경이처럼 '맛과 모양새가/ 질기고 모질게
살아가는' 삶이었다. 그렇게 힘들게 살아갈지라도 '누군가
에게/ 입맛 돋우는 한 떨기 풀이 되었으면' 한다. 희생적인
삶을 살아온 시인의 모습이 고스란히 묻어있다.
　다음 시를 보면 시인이 험난했던 세월을 얼마나 다독이며
살아왔는지를 또한 알 수 있다.

양서를 읽자
깊이 새겨 양식으로 섭취하여 양분으로 축적하자
속마음 다스리는 진실을 되새기며
기록해보자

늘 반성의 글귀를 적어보고
하루를 감사하며 유서를 쓰자

비 온 뒤에 뜨는 무지개 같은 사연도
링거 뒤에 눈 뜨는 절망도

생각만 해도 얼굴 붉어지는 일도

은밀히 나열해 적어보고

작은 잘못을 크게 용서하는 넓은 마음

후회 없는 나로 다듬어가는

아름다운 인생을 은밀히 간직하여

언제나 나의 길잡이로 써놓고 간직해두자

살다보면 찬란한 서광의 빛이 나를 비추고 있음을

죽으라는 법만 있지 않다는 것을

오늘 하루도.

— 「반투명 노트」 전문

시인은 '늘 반성의 글귀를 적어보고/ 하루를 감사하며 유서를 쓰'는 자세로 살아왔고, '비 온 뒤에 뜨는 무지개 같은 사연도/ 링거 뒤에 눈 뜨는 절망도/ 생각만 해도 얼굴 붉어지는 일도/ 은밀히 나열해 적어보고/ 작은 잘못을 크게 용서하는 넓은 마음/ 후회 없는 나로 다듬어가는/ 아름다운 인생을 은밀히 간직하여/ 언제나 나의 길잡이로 써놓고 간직해두자'고 노트에 적으며 살아온 것이다.

하지만 인생무상이라고 했던가? 갖은 고생으로 점철된 삶, 이제 손주 녀석들의 재롱을 보며 행복하게 오래도록 살고 싶지만 어디 그것이 마음대로 되는 것인가? 시인에게도 피해갈 수 없는 운명이 찾아오는 것이다.

꽃샘바람이

달콤한 입맞춤으로 온다
은은한 향기와 함께

꽃이 피는 이유를
꽃이 지는 이유를
알 수 없는데
만질 수 없는 꽃바람이
색깔도 없이 다가온다

들꽃 같은 인생
서산으로 넘어가다 숨 고르는 노을
붉은 하늘은 더욱 붉어져
자꾸만 눈물 부추긴다
등 떠밀며 함께 가자한다

가려면 저 혼자 갈 것이지.
— 「봄이 접히다」 전문

　잎이 돋고, 꽃이 피는 젊은 봄날은 시간의 흐름 속에 어쩔 수 없이 접힐 수밖에 없다. 인생도 마찬가지다. 칠십 평생을 살아왔지만 돌이켜 보면 그새 이 나이를 먹었는가 하고 반문하게 된다. 시인은 이제 인생의 막바지에 접어들었다. 시인은 '꽃이 피는 이유를/ 꽃이 지는 이유를' 이 나이가 되어서도 '알 수 없는데/ 만질 수 없는 꽃바람이/ 색깔도 없이 다가온다'고 하였다. 지금까지 살아온 '들꽃 같은 인생/ 서산으로 넘어가다 숨 고르는 노을/ 붉은 하늘은 더욱 붉어져/ 자꾸만 눈물 부추'기면서 '등 떠밀며 함께 가자'고 하니 기가 막힐 일이 아닐 수 없다. '가려면 저 혼자 갈 것이지' 하고 원망도 해보는 것이다.

하지만 시인은 세월의 흐름이 어쩔 수 없는 숙명이라면 그것을 능동적으로 받아들이겠다는 생각을 한다.

동 트면
나, 떠나리

이슬 먹은 꽃봉오리 만져도 보고
과거는 추억으로 감춰놓으리

때때로 지나온 날 꺼내보며
옛길 따라 떠나리

키다리 꽃, 들국화
향기로운 황톳길 걸어서
쪽빛 푸른 하늘 올려다 보리

칡넝쿨 말라가는 언덕에도 올라
등때기에 번져가는 저녁노을 쳐다보리

동 트면
나, 떠나리.
—「여행」전문

시인은 살아온 삶을 반추하고, 이 세상을 미련 없이 떠나기 위해 여행을 계획하고 있다. 하지만 여행지에서 하고 싶은 일이 엄청난 것이 아니라 '키다리 꽃, 들국화/ 향기로운 황톳길 걸어서/ 쪽빛 푸른 하늘 올려다 보'는 것이고, '칡넝쿨 말라가는 언덕에도 올라/ 등때기에 번져가는 저녁노을 쳐다보'는 것이다. 모든 욕심을 내려놓고 자연 속에 조용하고 포근하게 안기고 싶은 것이다. 이런 유아적인 순수 서정은 어머니로부터 기인한 것임을 다음 시를 보면 알 수 있다.

봄 오는 소리
가을 가는 소리
하얀 눈 내리는 소리
거친 들판에 싹 트는 소리
들꽃 향기

창문 밖 솔바람처럼
포근하게 다가오는 것들은
소리가 없다.
— 「어머니의 사랑」 전문

어머니의 사랑은 소리가 있는 것 같지만 소리가 없다. 향기가 없는 듯도 하지만 향기가 있다. 없는 듯 있고, 있는 듯 없다. '포근하게 다가오는 것들은/ 소리가 없다.'고 시인은 노래하고 있다. 인생을 달관한 사람만이 느낄 수 있는 표현이다. 절창이 아닐 수 없다. 다음 시도 어머니를 노래하고 있지만 노동의 고단함이 묻어 있어 애잔하다.

창밖에 수선화 무더기로 피었네
어머니의 손은
빈손일 때가 없네

색깔 고운 털실로 짜주신 사랑의 스웨터
난롯불 같고
꽃무늬 천으로 만든 원피스
꽃나비 같아 춤추어 보네
하얀 모시 적삼으로 만든 잠자리 날개옷
조심스러워 걸음걸이도 차분해지네
인견으로 만든 잠옷
땀 흘려도 등짝에 붙지 않아 시원하네

한밤에 소변보러 일어나면
손에는 언제나 뜨개바늘 들려있고
재봉틀 소리 끊이질 않았네

어머니의 손, 요술쟁이 손
사랑 짜서 내게 주시네
내 이마의 주름도 어머니 솜씨네.
　— 「어머니의 뜨개질」 전문

　어머니의 손에는 항상 무언가가 들려있다. 식솔들을 위
해 한밤중까지 일을 했다는 구절을 보면 어머니의 세월도
만만치 않은 인고의 세월이었음에 틀림없다. 하지만 시인
은 어머니가 손수 지은 옷을 입으면 따뜻하고, 춤도 추고

싶고, 걸음걸이도 차분해지고, 땀 흘려도 시원하였다고 한다. 그리하여 시인은 어머니의 손을 '요술쟁이 손'이라고 노래한다. 더욱이 어머니는 나를 태어나게 해주시고, 나를 키워주셨지만 결국 지금의 '내 이마의 주름도 어머니 솜씨네'라고 노래하고 있다. 지금까지 삶을 살아오면서 인생의 뜨개질을 어머니에게서 전수받았음을 알 수 있다. 더욱이 인생을 마감할 나이가 된 지금에서도 어머니에게 기대고 있음을 알 수 있다. 어디 어머니의 인생뿐이겠는가? 지금까지 살아온 구구절절한 자신의 이야기를 누구에겐가 전하고 싶은 사연 또한 왜 없겠는가?

소식 전하는 걸 잊고 있었네
하고 싶은 말
그리운 마음
못내 아쉬운 시간은 가고
긴 여운 남겨놓은
구구절절 하고 싶은 말
긴 버들잎에 적어도
다 쓸 수 없는 애달픈 사연
속내 드러내지 못하고
흘러간 세월
은밀한 옛 추억
가슴속에 묻어둔 사랑 얘기를
수양버들 줄기로 빗어 내리면
다 써지려는지.
— 「사연」 전문

'긴 버들잎에 적어도/ 다 쓸 수 없는 애달픈 사연'과 '속내 드러내지 못하고/ 흘러간 세월'이나 '은밀한 옛 추억/ 가슴 속에 묻어둔 사랑 얘기' 등 '구구절절 하고 싶은 말'이 많지만 '수양버들 줄기로 빗어 내'려도 다 써질지가 의문스럽다고 자문하고 있다.

시인은 자신의 파란만장한 삶을 반추하며 회한의 정을 느끼면서도, 꽃봉오리로 피어나던 곱디고운 시절에 젖어들기도 한다. 더욱이 지금은 고목이 다 되어버린 어릴 적 함께 노닐던 친구들의 이름을 부르며 동병상련의 위안을 받기도 한다.

아침 해 고운 빛 가슴에 안고
송이송이 갓 피어난 봉오리들이
산의 보살핌 받아
어느새 고목이 되고

겹겹이 쌓인 세월
빗겨간 우리
고희가 대수랴
숫자에 불과한 것을

희끗한 서리 머리에 이고
격의 없는 대화 뿌듯하구나
웅춘아, 옥진아, 정수야, 용희야
서슴없이 부르는 동심인 것을

만나니 정겹고
마주보니 추억 새롭다
한데 어울려 부르고 싶은
고향의 노래
고목에도 다시 잎이 돋아나리니.
— 「부춘 연가」 전문

　고목에도 봄이 되면 잎이 돋아날 것이라고 시인은 믿고
있다. 그렇게 시인은 자신의 삶에 긍정적인 시각을 지니고
있다. 아울러 지금까지 '가시나무'로 살아온 자신의 삶의 태
도에 대해서도 속내를 살며시 드러내고 있다.

부드러운 내 몸에 가시가 있는 것은
그대 찌르기 위함이 아닙니다

짐승들의 밥 되지 않기 위해
가시는 뾰족이 스스로를 지탱합니다

냇가의 제방에 내가 심어져 있는 까닭은
늘 푸르름만을 위함이 아닙니다

그대 위해 꽃 피우고, 열매 맺으려고
이 마음에 심어진 기쁨입니다

열매가 풍성하고 탐스러운 것은
당신 향한 저의 사랑 전부입니다.

　시인과 조금 떨어져 살아가고 있는 세상 사람들이건 가까운 혈육이건 지금까지 가시나무의 태도로 삶을 살아온 이유를 토로하고 있다. 자신을 위한 삶이 아니라 오로지 타자를 위한 삶이었다고. 이타적인 삶을 살아온 시인의 내력 앞에 고개가 저절로 숙여진다.

　더욱이 시인은 세상을 살면서 자신 마음대로 살 수 없었다고 한다. 울고 싶어도 울 수 없었던 삶이었다고 고백한다. 이런 삶 속에서 시인이 터득한 삶은 동행이었다.

　　하루 걸러 내리는 비

　　조석 가리지 않고

　　오고 싶으면 오고

　　그치고 싶으면 그치고

　　오곡 익어갈 때 날마다 찌푸린 하늘

　　비 싣고 가는 구름은

　　눈물 쏟아 놓지 않고는

　　그냥 지나 갈 수 없나보다

　　구름도 아무 데나 내려놓고 싶지 않지만

　　바람 앞에 승복한다

　　때론 멋진 모양 그려내는 구름이지만

　　제 몸 하나 마음대로 할 수 없다

　　바람 앞에선 어찌 할 바 없는 하수인처럼

　　천적과 동행할 밖에.

　　― 「구름」 전문

하수인처럼 살아온 삶 속에서도 시인은 '천적과 동행할 밖에'라는 것을 터득하였던 것이다. 양보하며 더불어 살아가는 삶이 아름다운 삶이라는 것을 시인은 숙명처럼 받아들이며 살아온 것이다.

이제 시인은 파란만장했던 자신의 마지막 가는 길을 그려본다. 벚꽃이 흐드러지게 피는 봄이었으면 한다.

> 벚꽃 상여 길은
> 하얀 눈으로 짠 베옷
> 목화처럼 피어난다
> 결혼식 드레스 입고
> 환한 미소 짓는다
> 온천수 목욕하고 나온
> 수줍은 색시처럼
> 간간히 부는 바람에도
> 하롱하롱 꽃잎 진다
> 수많은 사연 밟으며 가는 길
> 마지막 남은 봄의 절정 꺼내
> 하루를 흩뿌린다.
> ― 「벚꽃 길」 전문

'가야할 때가 언제인가를/ 분명히 알고 가는 이의 뒷모습은/ 얼마나 아름다운가'라는 이형기 시인의 「낙화」라는 시가 생각난다. 꽃잎이 떨어져야 열매를 맺을 수 있다는 것을 시인은 잘 알고 있다. 시인은 자신의 마지막 가는 길에 자신에게 마지막으로 '남은 봄의 절정 꺼내/ 하루를 흩뿌리'고 싶은 것이다. 사연이 있는 인생의 뜨개질을 해온 시인은 삶의 막바지 절정의 순간에도 자신의 삶을 반추하는 모습을 보여주고 있다. 사람이 위대한 이유가 여기에 있으며, 사람이 왔다가는 일이 얼마나 어마어마한 일인가를 확인하는 순간이다. 시인의 삶에 숙연함이 느껴진다.

가재선

가재선 시인은 충남 서산에서 출생했고, 2014년 계간 『신세계』로 등단했다. (사)한국문인협회 계룡시지부 회원, 계룡시 시낭송 회원으로 활동하고 있으며, 계룡시 사랑의 합창단 단장을 역임했고, 2011년 계룡시장 표창, 2011년 계룡 문학상 수상, 2013년 대한적십자사 총재 표창을 수상한 바가 있다.

『어머니의 뜨개질』은 가재선 시인의 첫 번째 시집이다. 인생의 뜨개질을 해온 시인의 삶은 막바지 절정의 순간에도 자신의 삶을 반추하는 모습을 보여주고 있다. 사람이 위대한 이유가 여기에 있으며, 사람이 왔다가는 일이 얼마나 어마어마한 일인가를 일깨우게 한다.

이메일 : sastar2003@hanmail.net

가재선 시집

어머니의 뜨개질

발   행 2019년 10월 10일
지 은 이 가재선
펴 낸 이 반송림
편집디자인 김지호
펴 낸 곳 도서출판 지혜
          계간시전문지 애지
기획위원 반경환 이형권 황정산
주   소 34624 대전광역시 동구 태전로 57, 2층 도서출판 지혜 (삼성동)
전   화 042-625-1140
팩   스 042-627-1140
전자우편 ejisarang@hanmail.net
애지카페 cafe.daum.net/ejiliterature

ISBN : 979-11-5728-369-9 03810
값 9,000원